I0557361

Douze ans

original story:
Jennifer Degenhardt

translation and adaptation:
Françoise Piron

editing:
Nicole Piron

cover art:
Sophia Geffner

To all celebrating their bar mitzvah or bat mitzvah, mazel tov!

TABLE DE MATIÈRES

REMERCIEMENTS

This story is way beyond my comprehension in French so I reached out to Françoise ("Swaz") Piron to translate and adapt the story. The original story has a backdrop of a *quinceañera*, a coming-of-age celebration for 15-year-old girls, most popular in the Hispanic culture. In order for the story to work well as an adaptation, there would have to be a similar rite in a Francophone region. When Swaz suggested including the rite of passage that young Jewish youth experience in their religion (*bar/bat mitzvahs*), we thought it a wonderful opportunity to include this as the backdrop for the story. Thank you, Swaz, for not only the translation, but also for the cultural adaptation and for keeping the whole thing comprehensible! *Merci !*

Any good writer has an editor, and Swaz's editor just happens to be her mom, Nicole Piron. I absolutely love having this duo work together on my stories: I am grateful for their expertise always.

Theresa Marrama (also my business partner and friend) was an early reader of this story and helped tremendously with identifying words and phrases that might prove challenging to students learning French. I am grateful for that, as this level of French is too challenging for me (and I would have been footnoting every third word)!

And a huge thank you to Sophia Geffner for agreeing to create the cover art. Sophia is the sister of a student of mine who suggested I ask her when he declined the invitation to create some art. I mean, he IS a digital media and design major, so I thought... Anyway, I am delighted for the connection and Sophia's willingness to give it a go without knowing much about the story. There was a specific reason I asked her to do the artwork which she explains much better than I in her bio at the end of the book. Thank you, Sophia!

Chapitre 1
Sarah

Il est huit heures du soir et je suis seule dans ma chambre. Mes petits frères, Adam et Jacob, dorment dans leur chambre ; mes parents sont dans la cuisine.

Comme d'habitude, j'écris dans mon journal. C'est un nouveau journal. Les pages sont de toutes sortes de couleurs : rouges, jaunes, bleues et vertes. J'écris dans mon journal tous les soirs, j'aime noter ce qui se passe dans la journée et j'écris aussi des choses personnelles.

Ce soir, je suis **assise**[1] à mon nouveau bureau. C'est un petit bureau blanc qui est très joli. Mon père l'a construit pour moi et me l'a donné pour **Hanouka**[2] il y a une semaine. Il est

---

[1] assise : sit.
[2] Hanouka : a Jewish festival, usually in December, that commemorates Judaism for a festival of 8 days.

très **bricoleur**[3]. Il fait beaucoup de **meubles**[4] dans son **atelier**[5].

Je suis sur le point d'écrire dans mon journal quand j'entends mes parents qui discutent :

« Mais Marianne, C'EST son père, dit mon père.

- Je sais, Frédéric, mais je ne sais pas s'il devrait être en contact avec elle, dit ma mère.

- Marianne, la lettre dit qu'il participe à des tas de programmes. Il a changé.

- Mais il était pas bien avant. Ni pour moi, ni pour...

- Marianne, Sarah doit être en contact avec lui. C'est vraiment important. »

Quoi ?! Mes parents parlent de mon PÈRE. Mon père biologique.

Frédéric n'est pas mon père biologique, mais c'est le seul père que j'ai jamais connu. Ma

---

[3] bricoleur : handy.
[4] meubles : furniture.
[5] atelier : workshop.

mère l'a épousé quand j'avais quatre ans. À leur mariage, j'étais la demoiselle d'honneur de ma mère. Je portais une jolie robe rose avec plein de fleurs dessus. Princesse... ce jour-là, mon père m'a appelée princesse ; et il m'appelle toujours princesse.

Ma mère ne me parle jamais de mon père biologique. Jamais. Et voilà qu'il y a une lettre ? Qu'est-ce que cette lettre peut dire ? Je veux savoir.

J'ai des tas de questions, mais je ne veux rien dire maintenant, alors j'écris dans mon journal.

> Cher journal,
>
> Aujourd'hui, c'était une journée plutôt intéressante...

Chapitre 2
Daniel

Il est neuf heures et je suis dans ma
« chambre » avec un autre gars. Il s'appelle
Johnny et il vient d'arriver. Johnny est sur son
lit. Il ne dit pas grand-chose parce qu'il écoute
de la musique avec ses écouteurs. Johnny est
mon frère, mais pas mon frère biologique.
C'est mon frère de circonstance.

Le bruit est horrible ici, mais c'est normal. Il y a
tellement de bruit que je ne peux pas me
concentrer.

Je suis à mon bureau dans notre chambre ; il
n'y a qu'un bureau. C'est un bureau en métal,
et il est **encastré**[6] dans le mur. Les lits sont
aussi en métal et ils sont l'un au-dessus de
l'autre, ce sont des lits superposés. Il y a juste
une petite fenêtre, qui a des **barreaux**[7]. La
porte est lourde et elle est fermée à clef.

---

[6] encastré: built in.
[7] barreaux: bars.

Johnny et moi sommes ici avec 3500 autres « frères ». On habite tous dans des pièces qui en réalité sont des cellules. On est prisonniers du centre correctionnel de Champ-Dollon, situé à moins de 10 km du centre de Genève, ma ville.

Oui, je suis prisonnier, mais je suis aussi père. J'ai une fille. C'est difficile à croire. J'ai une fille de 11 ans ; elle s'appelle Sarah...

« Daniel ! » crie un frère qui est à la porte avec du courrier. « J'ai deux lettres pour toi.

- Merci, Ours », je lui dis en prenant les lettres.

Ours n'est pas son vrai nom. Je ne sais pas quel est son vrai nom, mais ici à Champ-Dollon, on l'appelle Ours.

Je retourne à mon bureau. Je n'ai pas beaucoup de contacts avec ma famille, mais ma tante m'écrit souvent des lettres et m'envoie des photos de Sarah. Sarah vit avec sa mère et le mari de sa mère.

Ça fait deux semaines que j'ai écrit à la mère de Sarah pour lui demander la permission d'écrire à ma fille. Mais les lettres qu'Ours m'a données ne sont pas de la mère de Sarah. Je vais devoir encore attendre une réponse.

Les lettres sont du canton de Genève et contiennent des informations **juridiques**[8]. Elles sont importantes, mais je ne veux pas les lire maintenant, alors je décide d'écrire dans mon journal.

Cher journal,
*Les huit derniers mois, j'ai participé à des tas de programmes différents. À l'avenir, je veux montrer à ma fille que j'ai changé. Quand j'étais **ado**[1]...*
[1]ado : teenager.

« **Extinction des feux**[9] » dit le gardien.

---

[8] juridiques : legal.
[9] extinction des feux : turn off the lights.

Je n'ai plus le temps d'écrire. J'ai seulement le temps de réfléchir. Mais c'est difficile de se concentrer quand il y a tellement de bruit.

Chapitre 3
Sarah

Je pense à la conversation que mes parents ont eue au sujet de mon père biologique l'autre soir...

« Sarah, crie ma mère. Allons-y, on a que deux heures pour faire notre shopping.

- J'arrive, maman. »

Ma mère et moi allons dans les magasins aujourd'hui. Ma cousine Paula fait sa **bat mitzvah**[10] dans deux semaines, et il me faut une nouvelle robe. J'ai une idée de quelle sorte de robe je voudrais, une longue robe bleue et ...

« Écoute Sarah, dit ma mère. D'abord, on va aller au Flamant Rouge, puis à Comisra boutique, au centre social de la communauté israélite.

---

[10] bat mitzvah: a coming-of-age ritual in the Jewish tradition where children then become responsible for their own actions.

- Maman, je veux pas aller au Flamant Rouge et à Comisra boutique. Je veux une robe neuve.

- Je comprends, Sarah, mais tu sais que notre famille n'a pas beaucoup d'argent. Et avec toutes les bat mitzvah auxquelles tu es invitée...

- Oui, maman. Je comprends. Mais j'ai même pas envie d'aller à la bat mitzvah de Paula.

- Moi non plus, mais on a pas le choix. »

Paula est la fille de mon oncle Georges qui est le frère de ma mère. Ma tante Rose, la mère de Paula, ben ... elle est trop. Elle veut que tout soit parfait. Je ne l'aime pas beaucoup. Et j'aime pas vraiment Paula non plus parce qu'elle est exactement comme sa mère.

D'abord, on va au Flamant Rouge. La dame qui y travaille est une amie de ma mère. D'habitude, elle a un bon choix de robes, mais ces temps-ci, avec toutes les célébrations qui s'annoncent pour le printemps, elle n'a pas grand-chose. Et je n'aime pas les robes qu'elle a.

« Ok Sarah. On va à Comisra boutique » dit ma mère.

Je ne suis pas contente. Je veux trouver une longue robe bleue. Je veux une robe de princesse...

Ma mère et moi passons une demi-heure dans la boutique. Il y a une robe bleue, mais ce n'est pas la robe de mes rêves. Ça n'a pas d'importance. Je ne veux pas causer des problèmes à ma mère. Elle est stressée aujourd'hui.

« Tu veux une glace ? » demande ma mère.

« Oui, mais ...

- Il faut que je te parle. On va au Mövenpick ? »

Je me demande de quoi elle veut me parler...

Chapitre 4
Daniel

À Champ-Dollon, je travaille à la **buanderie**[11]. Je suis dans un groupe d'une dizaine de personnes et on lave les vêtements de tous les hommes de la prison. C'est un travail embêtant, mais on gagne 1 franc l'heure.

J'ai seulement quinze minutes pour me préparer entre mon travail et le cours pour techniciens de maintenance en chauffage et climatisation que j'ai cet après-midi. Dans un mois, j'aurai fini le programme et j'aurai un diplôme. Je me réjouis de pouvoir avoir un nouveau poste à Champ-Dollon, espérons que je puisse gagner plus d'argent.

Johnny est dans la cellule. Il écoute de la musique comme d'habitude. Mais aujourd'hui, il a une question à me poser :

« Daniel, tu aimes étudier ? Pourquoi est-ce que tu suis ces cours de technicien ?

---

[11] buanderie: laundry.

- Mec, il me reste plus qu'un an et demi ici. Quand je sortirai, je veux trouver un travail. Je veux pouvoir participer à la vie de ma fille. Je la connais pas encore. »

À ce moment-là, Ours arrive à la porte avec une lettre pour moi.

« C'est la lettre que tu attendais, Daniel ? » il crie. Il doit crier parce qu'il y a tant de bruit.

Je regarde l'enveloppe. L'adresse postale est celle de Marianne et sa famille.

Je prends la lettre et je m'assieds sur mon lit. Je suis à la fois enthousiaste et nerveux. J'ouvre l'enveloppe et je commence à lire.

Cher Daniel,

Merci de ne pas être fâché avec moi. Tu devrais faire connaissance de ta fille ; elle veut te connaitre aussi. Sarah est une fille sensible et très intelligente. Elle grandit vite. Ton contact avec elle peut l'aider dans son développement personnel et moral. Et Daniel, merci de m'avoir écrit en premier. Il est clair que tu as changé.

Marianne

Je mets la carte dans l'enveloppe et cours à ma classe. Je suis très, TRÈS content.

Chapitre 5
Sarah

Ma mère et moi sommes au restaurant Mövenpick et elle m'explique tout au sujet de mon père biologique.

« Sarah, ton père biologique est à la prison de Champ-Dollon » me dit ma mère.

« Pourquoi ? Où ? Qu'est-ce qui s'est passé ?

- **Il y a dix ans**[12], ton père et ses amis ont eu un accident. Une femme de l'autre voiture est morte. Ton père conduisait la voiture ce soir-là et il a dû aller en prison pendant 12 ans.

- Mais c'était un accident, non ? C'est long 12 ans pour un accident.

- Les circonstances étaient **graves**[13]. Je t'expliquerai tout ça un autre jour. Mais je veux que tu saches que ton père biologique, Daniel, veut entrer en contact avec toi. Il veut t'écrire une lettre. Est-ce que tu es d'accord ? »

---

[12] il y a dix ans : ten years ago.
[13] graves : serious.

Je ne sais pas quoi dire. Finalement, je sais où est mon père et pourquoi, mais … est-ce que je veux entrer en rapport avec lui ?

« Je vais y réfléchir, maman.

- Ok, Sarah, c'est à toi de décider. »

J'en oublie presque la robe bleue et la glace. Ma vie va peut-être beaucoup changer. Qu'est-ce que je vais faire ?

Il faut que je prenne une décision…

Chapitre 6
Daniel

Un matin, avant d'aller travailler à la buanderie, un des gardiens est à la porte de ma cellule.

« Daniel, le directeur veut vous parler.

- Oh, ok, vous savez pourquoi ?

- Non, mais vous devez aller le voir maintenant. »

Je prends ma veste et je vais au bureau du directeur de la prison avec le gardien.

Dans le bureau, il y a neuf autres détenus. Ce sont des détenus, mais ce sont aussi des hommes bien. Comme moi, ils participent à des tas de programmes et ils veulent faire des changements.

« Bonjour » dit le directeur. « Je vous ai demandé de venir me voir parce que je veux vous proposer de participer à un nouveau programme à Champ-Dollon. Nous allons travailler avec un refuge animalier qui forme les chiens, en particulier ceux qui sont dans ce refuge depuis longtemps. »

Personne ne dit rien. Est-ce que le directeur est sérieux ? Est-ce qu'on va vraiment avoir l'occasion de travailler avec des chiens ?

Le directeur continue : « Ce programme est unique parce que vous allez vivre avec les animaux 24 heures sur 24. Les chiens ont tant à apprendre. Vous êtes les meilleurs candidats pour ce programme. MAIS » le directeur hausse la voix « s'il y a un problème avec un d'entre vous, vous ne pourrez plus participer. Est-ce que c'est clair ? »

Le directeur nous demande alors si on veut participer. Tout le monde dit oui.

*****

Il est tard et je suis très fatigué après le travail et mes cours. Dans un mois, je **serai**[14] encore plus fatigué parce que j'aurai un chien avec

---

[14] je serai : I will be.

moi toute la journée. Il faut que j'étudie pour mon examen. Mais ce soir, j'ai quelque chose de plus important à faire : écrire une lettre à ma fille.

> Chère Sarah,
>
> Permets-moi de me présenter. Je m'appelle Daniel...

Chapitre 7
Sarah

C'est le **sabbat**[15] et le jour de la bat mitzvah de Paula. Dans notre maison, tout le monde se prépare. Ma mère met une vieille robe rose et mon père et mes frères portent un pantalon noir, une chemise blanche et une **cravate**[16]. Les garçons n'aiment pas porter une cravate.

« Maman, je veux pas porter une cravate » dit Jacob.

« Moi non plus » dit Adam.

« Allons les garçons, c'est juste pour quelques heures » réplique ma mère.

« Venez ici, les gars. Vous êtes tellement beaux. Vous allez être les plus beaux garçons de la fête » dit mon père en tapotant les épaules de mes frères.

---

[15] sabbat : the Sabbath.
[16] cravate : tie.

Mon père est un homme calme, qui sait calmer mes frères quand ils sont agités.

Je me regarde encore une fois dans le miroir. Je veux sourire, mais je n'aime pas ce que je vois. Ma robe est **laide**[17]. J'ai 12 ans (presque 13) et je me trouve laide. Je n'aime pas mes cheveux, je n'aime pas mon apparence. J'ai envie de pleurer. Je ne veux pas aller à cette célébration, mais je ne peux rien dire. J'entends ma mère qui dit « Paula est ta cousine et il est important de célébrer avec elle », une phrase qu'elle m'a répétée tant de fois ces derniers jours.

Beurk. Paula, la fille parfaite. Elle me donne envie de vomir.

*****

D'abord on va à la synagogue pour le service du sabbat. Notre famille, du côté de ma mère, est juive, et Paula va présenter un commentaire sur un **verset biblique**[18]. D'habitude, j'aime aller à la synagogue, mais

---

[17] laide : ugly.
[18] verset biblique : bible verse.

aujourd'hui, je n'ai pas envie parce que je ne veux pas fêter Paula.

Quand on arrive devant la synagogue, je la vois avec ses parents et le reste de sa famille. Ils montent les marches de la Synagogue Beth-Yaacov. Paula porte une robe rose. Ses cheveux et son **maquillage**[19] sont parfaits. Elle a l'air d'une princesse. Elle est superbe.

Paula marche avec sa famille et quelques amis. Les filles discutent et **elles ont de la peine**[20] à marcher avec leur robe et leurs hauts talons. Les garçons ne parlent pas beaucoup et ils ont l'air un peu **mal à l'aise**[21] dans leur costume.

« Allons-y, Sarah, le service va bientôt commencer » dit ma mère.

On sort de la voiture. Mon père remarque que j'ai pas l'air contente et il s'arrête pour me parler :

---

[19] maquillage : make-up.
[20] elles ont de la peine :
[21] mal à l'aise : uncomfortable.

« Sarah, tu es très belle aujourd'hui. Tes yeux ont une si belle couleur. Allez, on y va ! Tu vas danser avec moi à la fête ? »

Je souris et lui réponds : « Oui, papa, je vais danser avec toi, mais je t'en supplie, ne danse pas comme un fou, d'accord ? ».

Mon père travaille beaucoup et la plupart du temps, il est vraiment sérieux. Mais il adore danser sur des chants traditionnels en hébreu et surtout sur *la hora*, une danse folklorique juive. Il dit que ça fait partie de sa culture et qu'il adore danser sur cette musique.

« Allez, viens, Sarah. Tu sais que ça fait partie de ma culture, de notre culture.

- Ouais, papa, je sais. Tu me le dis tout le temps. »

Je suis heureuse d'être avec mon père. Je lui prends la main et on monte les marches de la synagogue. Je vois les autres jeunes dans l'entrée ; ils me regardent des pieds à la tête.

Je suis énervée, mais j'entre dans la synagogue avec mon père, ma mère et mes frères. Je n'aime pas l'idée de devoir fêter la bat mitzvah de Paula.

Chapitre 8
Daniel

« Bonjour, les gars. Vous êtes prêts à travailler avec vos nouveaux amis ? Ils vous attendent dans la pièce d'à côté. »

On entend des chiens aboyer dans l'autre pièce. Personne ne dit rien, mais on est tous nerveux. D'habitude, on n'est responsables que de nous-mêmes. Mais maintenant, on va devoir s'occuper d'un chien pendant quelques mois. Bien sûr, plusieurs des hommes sont pères, mais ils ne vivent pas avec leurs enfants et ils n'ont pas l'habitude de cette responsabilité.

« Daniel, venez ici. Prenez cette feuille de papier. Elle contient des informations sur le chien avec lequel vous allez travailler » dit le gardien.

Je regarde le papier. Voilà ce qui y est écrit :

Nom : David
Couleur : noir
Race : mixte
Âge : 9 mois
Canton d'origine : Thurgovie
Caractéristiques : timide, nerveux

David ? Il s'appelle David ? C'est un peu bizarre pour un chien, mais d'accord.

Je prends le papier et je vais dans l'autre pièce. Je la donne au **bénévole**[22] du refuge animalier.

« Bonjour, vous allez travailler avec David » il me dit. « C'est un bon chien, mais vous allez avoir besoin de beaucoup de patience parce qu'il est très timide. Venez avec moi, je vais vous présenter. »

On va vers la caisse où se trouve David. Il est dans le coin. Il n'aboie pas beaucoup, mais il tremble un peu.

---

[22] bénévole : volunteer.

Le bénévole me dit que je peux lui parler. « Mettez votre main près de la caisse. David doit d'abord la **renifler**[23]. »

Je m'assieds par terre et je mets ma main près de sa tête. À ce moment-là, je vois les yeux de David. Ils sont superbes. Il a les yeux bleus, bleu clair.

« Il a les yeux d'un chien husky, n'est-ce pas ? » je demande au bénévole. « Ils sont superbes.

- Oui, David a de très beaux yeux, et oui, ce sont les yeux d'un chien husky. Passez un peu plus de temps avec lui. On va commencer le cours dans 10 minutes. »

Tous les autres chiens aboient avec beaucoup d'énergie. David utilise juste son museau, pour me renifler un peu plus. Les chiens font beaucoup de bruit, mais je n'entends rien. Je me concentre sur mon nouvel ami. Il a besoin de moi et je vais l'aider.

---

[23] renifler : to sniff.

Chapitre 9
Sarah

Après avoir fêté ma cousine « parfaite » pendant toute la journée, je suis à la fois fâchée et triste quand on arrive à la maison. Je vais directement dans ma chambre et je sors mon journal.

Cher journal,

Aujourd'hui, c'était une journée horrible. Je me suis pas amusée à la fête de Paula. Il y avait beaucoup de problèmes, en particulier une conversation aux toilettes :

« Qui es-tu ?

- Salut. Je suis la cousine de Paula.

- Ta robe est vraiment moche.

- Ouais, et elle est même pas neuve, c'est évident.

- Et tes cheveux… »

> *C'était vraiment horrible. Pendant cinq minutes, les filles - toutes des amies de Paula - m'ont insultée. Finalement, j'ai quitté les toilettes. Je suis allée dans une autre pièce et j'ai pleuré.*

Je pleure toujours à cause de cette horrible expérience, quand ma mère frappe à la porte.

« Sarah, je peux entrer ?

- Je veux parler à personne.

- Mais chérie, j'ai quelque chose pour toi.

- Qu'est-ce que c'est ?

- Une lettre. Je peux entrer ?

- D'accord. »

Ma mère entre et me donne une lettre.

« Sarah, c'est une lettre de ton père, Daniel. »

Je prends l'enveloppe. Je ne sais pas quoi penser. Une lettre de mon père biologique.

« Merci maman. Je vais la lire.

- D'accord. Si tu veux me parler ...
- Ok, merci maman. »

J'ouvre l'enveloppe, je sors la lettre et je commence à lire.

Chère Sarah,

Permets-moi de me présenter. Je m'appelle Daniel. Je suis détenu ici, à Champ-Dollon. J'ai éte condamné à douze ans à cause d'un accident qui a eu lieu il y a dix ans, dans lequel une

personne a perdu la vie. Il faut que tu saches la vérité. Je suis désolé de ne pas t'avoir contactée avant aujourd'hui. Je ne savais pas qui tu étais. Quand ma tante m'a parlé de toi, je n'aimais pas que j'étais. **Il faillait**[1] que je change.

il faillait : it was necessary.

Maintenant je suis une personne différente. Je veux te dire que j'étudie beaucoup ici. Je prends des cours pour devenir technicien de maintenance en chauffage et climatisation et je travaille aussi dans un programme avec des chiens. D'autres gars et moi, on va former les chiens avant leur adoption.

Si tu veux m'écrire, j'aimerais beaucoup recevoir une lettre de toi. Je voudrais vraiment te connaître. Quelle est ta couleur préférée ? Tu aimes l'école ? Quelles sont tes activités favorites ?

Mais c'est à toi de décider si tu veux m'écrire ou non. Tu peux me poser toutes les questions que tu veux

Amitiés,
Daniel

Waow. Une lettre de mon père biologique. Cet homme est mon père, mais il n'est pas mon père. Et il est en prison. Les gens bien ne sont pas en prison. Mais j'aime son honnêteté. Il ne cherche pas d'excuses. Je ne sais pas exactement quoi penser, mais je me pose des questions.

Je prends une feuille de papier et je commence à écrire.

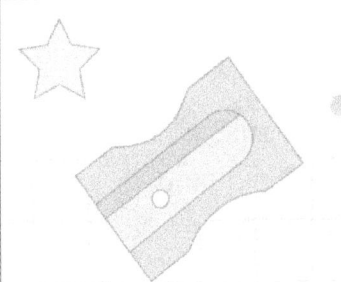

Cher Daniel,

Merci pour ta lettre. Je suis Sarah. J'ai douze ans. J'ai deux frères, Adam et Jacob. Je vais au Collège Rousseau. J'aime apprendre, mais j'aime pas beaucoup l'école...

J'écris pendant une heure ; je mets l'histoire de ma vie sur papier. Je mets la feuille dans une enveloppe et je l'envoie à Daniel.

Chapitre 10
Daniel

Ce soir, David et moi nous reposons dans la cellule. Je ne partage plus la pièce avec Johnny. J'ai besoin de plus d'espace depuis que j'ai le chien. Et en plus, Johnny n'a pas la patience nécessaire avec un chien comme David.

David est encore très nerveux, mais il est à l'aise avec moi. Il m'écoute quand je parle. C'est un bon chien. Il est chouette et drôle. Et c'est un bon partenaire d'étude.

« David, » je lui dis. « Il faut qu'on étudie. Je vais réviser mon cours sur la réfrigération avec toi. »

David me regarde mais il ne dit rien. Je commence à lire quand soudain, Ours est à la porte.

« Daniel, tu as une lettre d'une nouvelle personne.

- Merci, Ours. »

Je n'aime pas qu'Ours fasse des commentaires au sujet de mon courrier, mais ça n'a pas d'importance. Je dis au chien :

« David, c'est une lettre de Sarah. Sarah est ma fille. Je ne l'ai jamais rencontrée. Enfin pas encore... »

Je suis si heureux. Je lis la lettre entière à David. Il me regarde avec beaucoup d'attention. C'est une longue lettre pleine de questions :

–Qu'est-ce qui s'est passé le soir de l'accident ?

–Tu étais seul ?

–Pourquoi est-ce que tu dois rester en prison si longtemps ?

–C'est comment, la prison ?

Et ma question préférée :

–Je peux te rendre visite un jour ?

Sarah me raconte plein de choses sur sa vie. Elle me parle des problèmes qu'elle a avec les amies de sa cousine et elle me donne des détails sur la bat mitzvah de sa cousine Paula. Elle mentionne beaucoup de fois la bat mitzvah dans sa lettre, mais je ne sais rien de ces traditions. Elles ne font pas partie de ma culture. Pourquoi est-ce que tout ça est si important ? Je ne sais pas. Il faudra que je lui pose la question.

« David, » je dis en caressant la tête du chien. « On va étudier un peu plus tard. D'abord, il faut répondre à la lettre de Sarah. »

Le chien ne dit rien, mais ses oreilles bougent quand je lui parle.

Chère Sarah,	
Merci pour ta longue lettre. Maintenant, j'en	
sais plus sur ta vie, je vais essayer de répondre à	
tes questions...	

Chapitre 11
Sarah

Après la fête pour la bat mitzvah de Paula, j'ai encore plus de problèmes. Les amies de Paula parlent avec les filles de mon école et maintenant, tout le monde parle de ce qui s'est passé à la bat mitzvah il y a un mois. Et puis tous les élèves savent que Daniel est mon père et qu'il est en prison.

« Ton père est en prison.

- C'est un criminel.

- Tu es exactement comme lui, une mauvaise personne. Mauvaise, mauvaise, mauvaise. »

Les commentaires des élèves sont horribles, et à cause d'eux, je ne fais pas mes devoirs et je n'écoute pas les profs en classe. Des tas de gens ne me parlent même pas à l'école. Je suis vraiment triste.

Un jour, je rentre chez moi après l'école et je vois ma voisine, Karine. Elle est en deuxième année au Collège Voltaire, elle a un an de plus que moi. Elle étudie beaucoup, mais elle n'a pas beaucoup d'amis. Elle n'est pas « cool ». On n'est pas amies, mais on se parle quand on se voit.

« Salut Sarah.

- Salut.

- Comment ça va ? »

Je ne veux pas lui dire la vérité, mais elle est déjà au courant. Tout le monde sait que mon père est en prison.

« Ça va bien » je lui dis. « Et toi ?

- Ben, on se prépare à ma bat mitzvah dans quelques mois. Tu vas venir, n'est-ce pas ?

- Bien sûr, Karine. Je voudrais bien y aller.

- Et Sarah, je serais si contente si tu voulais faire partie de mon cercle d'intimes ce jour-là. »

J'ai envie de crier « Non, non, NON ! », mais je ne peux pas. C'est difficile de ne pas avoir beaucoup d'amis (je le sais), et Karine est une personne bien. Elle aussi veut une fête réussie.

« Bien sûr, Karine. Ça me ferait très plaisir. Merci de m'inviter à ta fête. On se parlera plus tard, d'accord ? Il faut que j'aille faire mes devoirs.

- Ok, Sarah. À plus. »

Avant d'entrer dans la maison, je regarde dans la boîte aux lettres. Il y a une lettre de Daniel. Bon. Je veux lire quelque chose de différent.

Daniel me parle de ses études et des programmes auxquels il participe. Il me parle aussi de ses amis au centre de détention. Il m'explique que ce sont des hommes bien, qui ont pris de mauvaises décisions, mais qui essayent de changer de vie. C'est une nouvelle perspective pour moi. Oui, les gens prennent de mauvaises décisions, mais est-ce qu'ils peuvent changer ? Je ne sais pas...

Après avoir lu la lettre, je suis plus détendue.
Je commence à écrire une lettre à Daniel.

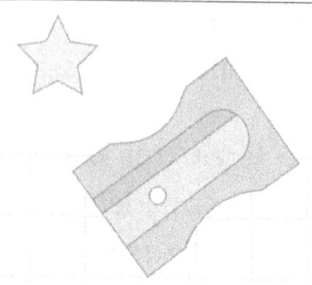

Cher Daniel,

J'étais contente de recevoir ta lettre. Merci de m'écrire toutes les semaines. Je suis toujours heureuse quand il y a une lettre de toi dans la boîte aux lettres. Il faut que je te dise que les choses ne vont pas très bien pour moi. J'ai toujours des problèmes avec les filles de la bat mitzvah et j'ai d'autres problèmes avec d'autres gens de mon école. Je suis vraiment triste. Et cet après-midi, ma voisine Karine m'a invitée à participer à SA bat mitzvah. Je ne voulais pas accepter, et je ne veux toujours pas y aller, mais elle ne connaît personne d'autre à inviter. Elle n'est pas une des personnes cools de son école. Alors je lui ai dit oui. Il faut que j'en parle à ma mère.

Et toi ? Comment ça va ? Et le chien ? Est-ce que tu as une photo de toi avec David ? Et est-ce que je peux te rendre visite un jour ?

Je finis la lettre et la mets dans une enveloppe avec l'adresse de Champ-Dollon. Demain, je la posterai.

Chapitre 12
Daniel

Il doit se passer quelque chose à Champ-Dollon aujourd'hui parce qu'ils ont déclaré l'état d'urgence ou un confinement. Personne ne peut quitter sa cellule et les cours et les programmes sont suspendus. J'ai la permission de sortir avec David deux fois par jour (matin et soir) pour faire pipi (lui pas moi), mais on ne va pas travailler avec le dresseur aujourd'hui.

« David, aujourd'hui est un bon jour pour écrire une lettre à Sarah, qu'en penses-tu ? »

David me regarde avec ses yeux bleu clair, il dresse les oreilles, mais il ne dit rien.

Je prends une feuille de papier et je commence à écrire.

Chère Sarah,

Aujourd'hui j'ai beaucoup de temps parce que nous sommes en confinement. Les gardiens procèdent à des enquêtes et personne ne peut quitter sa cellule. Je suis ici avec David (bien sûr). Il te dit bonjour.

C'est un chien qui a beaucoup changé. Il apprend des choses grâce à moi mais j'apprends aussi des choses grâce à lui. David reconnaît ma voix et comprend mes ordres :

- Assis
- Pas bouger
- Viens
- Couché

Et il me donne la patte quand je dis « top là ! ». Il est très intelligent et beaucoup moins nerveux qu'au début.

J'apprends plein de choses à David mais il m'en apprend aussi. Il m'enseigne la patience et l'amour inconditionnel. Je l'aime beaucoup. Il ne reste plus que trois semaines de programme. :(

David est un bon copain. Il va beaucoup me manquer. Je suis désolé pour les problèmes que tu as à l'école. J'aime pas beaucoup donner des conseils (et je ne suis pas vraiment en mesure d'en donner) mais continue à avoir de la patience. Ça va passer et tout ira bien. Je le sais parce qu'avant j'avais beaucoup de problèmes, et maintenant je n'en ai plus beaucoup.

Pendant que j'écris la lettre à Sarah, j'ai une idée sensationnelle. Mais d'abord il faut que je contacte sa mère et son beau-père. C'est vraiment une excellente idée !

Je finis la lettre que j'ai écrite à Sarah et je mets aussi une photo dans l'enveloppe. Je vais devoir attendre jusqu'à demain avant de la poster mais ce n'est pas grave. Ça me donne plus de temps pour écrire à Marianne et Frédéric.

Chapitre 13
Sarah

Ma mère vient à l'école aujourd'hui pour une réunion avec mes profs de maths et de sciences. J'ai des mauvaises notes dans ces matières. Je suis aussi à la réunion. Je n'ai pas envie d'être là, mais ma mère a insisté. C'est difficile d'être à une réunion avec trois adultes.

« Madame Michel, Sarah est très gentille mais elle ne fait pas ses devoirs pour mon cours » dit ma prof de maths.

« Elle ne fait pas non plus son travail pour le cours de sciences. Elle a des mauvaises notes. Comment est-ce qu'on peut t'aider, Sarah ? » demande mon prof de sciences.

Je ne veux pas répondre à Monsieur Rochat, il est très gentil.

« Le travail n'est pas très difficile, Monsieur Rochat, mais je ne suis pas motivée. »

Je sais que je n'ai pas répondu à sa question, mais je n'ai aucune idée de comment il peut m'aider.

La réunion finit quand je leur promets que je vais essayer de travailler plus dur dans leurs cours.

Dans la voiture, ma mère essaye de me parler mais je ne lui prête pas attention. Je ne sais pas ce qui m'arrive. Je ne peux pas faire mes devoirs, je ne veux pas quitter ma chambre, je ne veux rien faire.

J'arrive à la maison et je vais directement à la boîte aux lettres. Il y a deux lettres de Daniel, une pour moi et une pour mes parents. D'habitude Daniel n'écrit pas à mes parents...
Je prends la lettre qui est pour moi et je vais dans ma chambre pour la lire. J'ouvre l'enveloppe et il y a la photo d'un chien dedans. Je lis la lettre pour avoir des explications.

Daniel m'écrit qu'il y a eu un confinement à Champ-Dollon pendant deux jours. Il n'a pu quitter sa cellule que pour faire sortir le chien. David doit pouvoir aller faire pipi, explique Daniel.

Il me parle aussi de son diplôme et du programme avec les chiens.

> *Je t'envoie une photo de David. Je voulais t'en envoyer une autre avec la remise de diplômes, mais je n'en ai pas. Maintenant j'ai un diplôme de technicien en chauffage et air conditionné. Je vais pouvoir trouver un meilleur job à Champ-Dollon.*

Daniel n'a pas la vie facile. En comparaison, ma vie est facile. Alors pourquoi est-ce que je suis si triste ?

Comme toujours, Daniel me pose quelques questions à la fin de sa lettre. Je ne suis pas motivée à faire grand-chose, mais je lui réponds toujours.

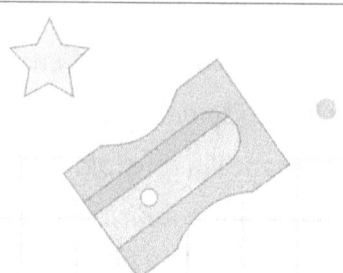

Cher Daniel,

La photo de David est fantastique. Ça a l'air d'être un très bon chien, malgré sa nervosité. Pourquoi est-il si nerveux ? Tu m'as demandé pourquoi les bat-mitzvah sont si importantes. Je vais t'expliquer. La bat mitzvah est une tradition pour les jeunes filles juives. C'est le passage à l'âge adulte, par lequel les jeunes filles montrent qu'elles sont prêtes à accepter plus de responsabilités pour elles-mêmes. Pour moi c'est le lien à ma culture et à ma religion. Pour te dire vrai je n'ai plus envie d'être une petite fille. Je veux être adulte. J'ai encore beaucoup de problèmes à l'école, dans mes cours et avec les autres élèves. Depuis mon anniversaire il y a deux mois, j'ai commencé à penser à ma bat-mitzvah. Pour ma fête l'année prochaine, je veux une célébration différente de celle de Paula. Je ne veux pas de spectacle. Je veux une simple cérémonie et une simple fête. Je sais que mon père et ma mère n'ont pas beaucoup d'argent mais je voudrais une robe élégante. Bleu clair. Avec beaucoup de fleurs. Je veux être une princesse pour la journée. Le mois prochain je vais aller à la bat-mitzvah de ma voisine Karine. Je vais faire partie de son cercle d'intimes. Je vais aller à sa fête pour trouver des idées qui m'aideront à planifier **la mienne**[1].

---

[1] mienne : mine.

Je finis la lettre quand ma mère frappe à la porte.

« Sarah, je peux entrer ? »

Je n'ai pas envie de parler avec ma mère mais je lui réponds « oui ».

Ma mère et moi parlons pendant une heure. On parle de mon père Daniel, on parle de mes problèmes à l'école, avec mes cours et avec mes camarades de classe. Elle veut m'aider et j'ai besoin d'aide.

« Sarah, qu'est-ce que tu penses de l'idée d'adopter un chien ? »

Je la regarde avec surprise.

« Quoi ? » Mes frères et moi on voudrait beaucoup avoir un chien mais mes parents ont toujours refusé.

« Oui chérie. Tes frères et toi, vous êtes plus âgés et vous avez besoin de plus de responsabilités. Et avoir un chien comme ami vous sera très utile je pense.

- Oh maman, c'est une excellente idée, merci ! »

Et je la serre dans mes bras.
« Mais ne dis encore rien à tes frères, d'abord il faut que je parle à ton père. »

Ma mère ne va avoir aucune difficulté à convaincre mon père, parce que mon père veut aussi un chien. Mon père adore les chiens. Moi aussi.

Quelle sorte de chien est-ce qu'on va adopter ?

Chapitre 14
Daniel

Je reviens de mon nouveau travail comme technicien ici à la prison. Un groupe d'hommes et moi sommes sous les ordres d'un responsable et nous travaillons à réparer les machines ici à la prison. J'aime ce travail. Ours est à la porte de ma cellule avec le courrier.

« Salut Daniel. Comment va ton nouveau travail ? J'ai quelques lettres pour toi. Tu as une nouvelle lettre de Sarah.

- Salut Ours, le travail me plaît bien, merci. »

- Et David, comment ça va ? » Ours demande à David.

Je réponds « David va bien. Il est seul une bonne partie de la journée maintenant. Je n'aime pas ça mais ça fait partie du dressage. Et il va bientôt être adopté.

- Oh, vraiment ?

- Oui, la mère de Sarah et sa famille vont l'adopter. »

Typiquement je ne parle pas beaucoup de ma vie personnelle avec d'autres gars de la prison, mais je suis si heureux. David va faire partie de la vie de Sarah.

« Waow, c'est génial Daniel, quand ?

- Dans deux semaines. Sarah ne le sait pas. C'est une surprise.

- Je suis très heureux de cette nouvelle, Daniel. Bonne chance ! »

Ours me donne les lettres et me sourit. Quelques fois il est un peu trop curieux, mais c'est un type bien. La plupart des hommes qui sont ici sont des gens bien. Des gens qui ont eu des problèmes. Comme moi.

David est à côté de moi quand je m'assieds sur mon lit pour lire les lettres.

L'une des lettres est de Sarah et l'autre est du comité de probation. Je n'ai plus qu'une année de prison et je dois rassembler beaucoup de documents administratifs pour ma probation.

« David, tu vas sortir d'ici avant moi » je dis au chien. « Mais je sortirai moi aussi. »

David me regarde avec ses yeux bleu clair mais il ne dit rien. C'est un bon chien et un bon copain.
Je lui caresse la tête et j'ouvre l'enveloppe pour lire la lettre de ma fille.

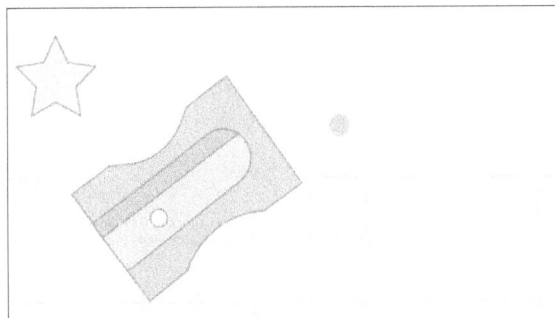

Cher Daniel,

J'ai une bonne nouvelle. Ma mère a dit qu'on peut adopter un chien ! Je veux un chien noir comme David. Il est très beau. 😊 😊 😊

La lettre contient beaucoup d'informations sur la vie d'une adolescente. Elle a encore des problèmes à l'école mais elle se réjouit tellement d'adopter un chien que le ton de sa lettre est différent.

Je suis heureux et je dis au chien « David, tu vas aller vivre avec Sarah et ses frères, qu'est-ce que tu en penses ? »
David me regarde et il dresse les oreilles et cette fois, il semble sourire.

Chapitre 15
Sarah

« Eh, Sarah.

- Salut maman.

- Comment était ta journée ? »

Elle vient me chercher à la synagogue où j'ai eu une réunion avec le rabbin pour me préparer à ma bat-mitzvah l'année prochaine.

« Ça va, j'ai faim. Qu'est-ce qu'on mange ?

- On va aller chercher une pizza mais d'abord il faut aller dans un autre quartier de la ville.

- Avec tout ce trafic ? Maman, j'ai pas envie.

- Désolée Sarah, mais on a rendez-vous.

- Tu me l'a pas dit avant, pourquoi ? » je lui dis, fâchée.

Ma mère ne dit rien mais elle a un grand sourire. Qu'est-ce qui se passe ? Où est-ce qu'on va ?

« Maman, on va où ?

- Tu verras.

Le trafic est horrible mais je ne dis rien. Je regarde des photos de bat mitzvahs sur Instagram sur mon téléphone.

On arrive et c'est moi qui souris maintenant. On est arrivées à un refuge animalier.

« Maman, on va adopter un chien aujourd'hui ?

- Oui Sarah, allons-y. »

Ma mère va à la réception et parle à la responsable. Elle lui donne de l'argent et remplit deux formules. Après quelques minutes, un homme arrive avec un chien. Il est de **taille moyenne**[24]. Il a les yeux bleu clair, de la couleur de l'océan. Il est noir avec un peu de blanc. C'est... C'est ... David !

---

[24] taille moyenne : medium-sized.

« David ! » Je crie. Je m'assieds par terre pour le caresser. Il est assez nerveux mais après quelques minutes, il se détend un peu.

« Maman, merci. » Je commence à pleurer. « Merci maman, merci. »

Je serre mon nouveau copain dans les bras. Je suis si heureuse.

Après une soirée formidable passée avec ma famille, David et moi sommes tous les deux dans ma chambre. David est par terre à côté de moi quand j'écris une lettre à Daniel. Je lui parle de David (bien sûr !) et de ma visite au rabbin au sujet de ma bat mitzvah dans huit mois.

À la fin, je lui demande :

Je voudrais venir te rendre visite. C'est possible ? Je vais demander à ma mère si je peux très bientôt !

Chapitre 16
Daniel

Sur la lettre de Sarah il y a des petits cœurs et des tas de smileys. Elle est très contente d'avoir David. Ils passent beaucoup de temps ensemble. Ils vont faire des promenades dans le parc et ils participent à un programme où ils rendent visite à des résidents d'une maison de retraite. David est parfait pour ce programme parce qu'il est gentil et il n'a pas trop d'énergie. Et il a de si beaux yeux ! Personne ne peut résister à ses yeux. Je suis un peu triste que David ne soit plus avec moi. Je me concentre sur mon travail alors je ne pense pas au chien.

Ce matin, il y a un problème dans l'atelier au travail. Un grand problème.

« Daniel, il faut que je te parle » me dit un autre prisonnier.

« Qu'est-ce qui se passe ?

- Une machine va arriver demain et il faut que je la répare. »

L'homme me décrit la machine. Je ne dis rien mais je suis inquiet. Cet homme a mauvaise réputation. Il dit qu'il reçoit de la drogue par l'atelier et qu'il la vend à d'autres personnes à la prison. Je ne veux pas m'impliquer dans ses problèmes. Il me reste sept mois avant de me présenter devant le comité de probation et je veux être sûr que mon **casier judiciaire est vierge**[25].

Mais les règles informelles des prisonniers sont parfois plus importantes que les règles officielles. Que faire ?

---

[25] casier judiciaire est vierge : criminal record is clean.

Chapitre 17
Sarah

Le jour de la bat-mitzvah de Karine est enfin arrivé. Je porte une robe de seconde main achetée à la boutique Le Flamant rouge. Ma robe est de la couleur préférée de Karine.

D'abord on accompagne Karine à la synagogue.

« Sarah, tu es prête ? » me demande mon père.

Toute la famille va à la synagogue puis à la fête de Karine. La mère de Karine et ma mère sont amies. Ma mère aime aider les autres alors elle a préparé beaucoup de nourriture pour la journée : des aliments juifs traditionnels comme la soupe aux **boulettes de matza**[26] et le poisson gefilte, mais aussi des plats plus modernes comme une quiche aux champignons sauvages et des petits canapés au thon. Les quiches de ma mère sont les meilleures !

---

[26] boulettes de matza : matzo balls.

« Oui papa, je suis prête !

- On y va ! »

Je caresse la tête de David et je sors de ma chambre.

« Princesse, tu es si belle ! » me dit mon père quand il me voit.

Quand je souris maintenant c'est de façon naturelle. Beaucoup de choses ont changé dans ma vie ces derniers mois.

Tout va mieux à l'école dans mes cours et j'ai beaucoup plus confiance en moi. David m'a beaucoup aidée.

J'aime aller à la synagogue surtout pour fêter un.e ami.e. Je suis très heureuse. Karine est heureuse aussi. Maintenant elle a plus d'amis. Ces derniers temps, on a passé beaucoup de temps ensemble à préparer sa bat-mitzvah alors elle et moi, on est devenues de bonnes amies. Au début, c'était difficile de convaincre les garçons de participer aux préparatifs, mais finalement ils se sont bien amusés.

Au service à la synagogue, les membres de la famille de Karine **allument des bougies**[27] et lisent des prières en soutien à Karine et à son passage à l'âge adulte. Karine est si belle. Et très heureuse.

Après le service, je parle avec elle avant d'aller à sa fête.

« Karine, tu es si belle aujourd'hui. Je suis vraiment heureuse pour toi.

- Sarah, merci d'être mon amie. Je suis heureuse aussi. On va beaucoup s'amuser à la fête. Tu es prête ?

- Oui je suis prête, on va beaucoup danser » je lui dis avec un grand sourire.

Tout le monde se retrouve dans une salle du quartier décorée pour l'occasion.

Vers 19 heures, la piste de danse est déjà bien occupée. Le DJ abandonne la musique moderne et joue de la musique traditionnelle.

---

[27] allument des bougies : light candles.

Les jeunes et les adultes dansent la Hora, une danse folklorique juive. Quelques minutes plus tard, une nappe est placée au pied des danseurs. Karine se couche dessus et des hommes qui tiennent la nappe projettent mon amie dans les airs sous les « ohhhhh » et les « ahhhhh » ; c'est bien amusant. Après ça, on danse de nouveau sur de la musique contemporaine puis Karine prend le micro et dit en nous regardant : « Merci d'être venus. Je suis très heureuse de mieux vous connaître et de danser avec vous tous. Maintenant, allons manger ! »

La musique continue et certaines personnes dansent. D'autres vont se servir au buffet. Il y a beaucoup de plats préparés par les mères pour aider la famille de Karine. Les mères savent cuisiner et tous les plats sont délicieux.

Après le repas, on joue à des jeux et certains des amis de Karine lisent des petits discours pour exprimer leur amitié et leur soutien à leur amie.

C'était une journée extraordinaire. Je me suis beaucoup amusée.

De retour chez nous, je parle avec mes parents de ma bat-mitzvah.

« Papa et maman, je ne veux pas une fête comme celle de Paula, parce que je sais que ce n'est pas possible pour notre famille. Ce que je voudrais, c'est une fête comme celle d'aujourd'hui. Qu'est-ce que vous en pensez ? »

Mon père parle le premier : « Sarah, tu auras la fête que tu désires, si c'est possible. Je vais travailler plus pour pouvoir t'offrir la fête que tu mérites. »

Il me prend la main et me donne un baiser sur la tête. « Merci papa. »

Mais je vois la tête de ma mère. Il est clair qu'il y a un autre problème.

Chapitre 18
Daniel

Je me prépare à aller à mon travail. Je me lave le visage et me brosse les dents. Je pense au problème que j'ai au travail. Je ne sais toujours pas quoi faire.

Si j'en parle au gardien, je vais avoir beaucoup de problèmes avec les autres prisonniers. Si je ne dis rien, je pourrais avoir encore plus de problèmes pour obtenir ma libération. Et il ne me reste que cinq mois de détention. Encore quelques mois et je vais pouvoir passer du temps avec ma fille : me promener avec elle dans le parc, manger de la glace, assister à sa bat-mitzvah.

Quand j'arrive au travail, l'homme qui m'a demandé mon aide me surveille beaucoup. Il ne me fait pas confiance. Quand je décide d'aller parler au chef, il m'arrête et me menace. Il tient un **couteau**[28] qu'il a fait lui-

---

[28] couteau : knife.

même. Il me parle de façon brutale et menaçante.

« Daniel, ne dis rien à personne au sujet de ces machines. Si tu le fais, je te tuerai. »

L'homme me met le couteau sur le ventre. Je ne dis rien.

Finalement il se retourne et il va au travail. Moi aussi. Je ne dis rien au chef parce que j'ai peur et je suis nerveux.

Cet homme aux yeux noirs me surveille pour le reste de la journée.

Pendant toutes mes années ici à Champ-Dollon, j'ai eu des problèmes. Mais c'étaient des problèmes causés par moi-même à cause de mon attitude et de mon manque de maturité.

Cependant cette fois je ne cherche pas de problème. Je n'en veux pas. Je veux quitter Champ-Dollon. Je veux recommencer ma vie. Mais je ne veux pas non plus de problème avec les gardiens. Que faire ?

Après une longue journée, je retourne à ma cellule. Il y a une lettre de Sarah. Je souris, même si je suis vraiment nerveux.

Cher Daniel,

Merci pour ta lettre. David et moi on va bien. Il est avec moi et il te dit bonjour, ha, ha ! À l'école, ça va bien aussi, j'ai de bonnes notes et j'ai plus d'amis. Et David et moi, on passe quelques heures à la maison de retraite pendant le week-end. Il y a une dame dans cette maison qui aime beaucoup David. Elle vient des Philippines et elle lui parle en philippin. J'adore l'écouter parler.

Je continue à lire la lettre. Ma fille est heureuse mais tout n'est pas parfait. Ce n'est past terrible mais il y a un problème.

Daniel, je cherche une robe pour ma bat-mitzvah. Il y a une TRÈS belle robe à la boutique Noa. Karine et moi on l'a vue un jour en regardant des photos sur Instagram. La robe est vraiment belle. Elle est bleu clair avec des tas de petites décorations. J'en ai parlé à ma mère et sa première question était « combien elle coûte ? » Je sais que ma famille n'a pas beaucoup d'argent. Je suis très triste. Je voudrais beaucoup cette robe mais ce n'est pas possible.

Il est évident que Sarah veut cette robe.

Et je veux l'aider.

Est-ce que je peux l'aider ?

Oui c'est possible, j'ai une idée.

Chapitre 19
Sarah

On commence les préparatifs pour ma fête. Ma mère appelle toutes ses amies et elles viennent préparer la nourriture. Un cousin de mon père est DJ et c'est lui qui va s'occuper de la musique. Le jour de ma bat-mitzvah, on va d'abord aller à la synagogue puis on ira chez mes grands-parents pour la fête. La fête va avoir lieu sur leur terrasse.

Un après-midi, ma mère et moi sommes au Café du Parc près de chez nous. On mange des sandwichs au fromage avec une petite salade et un soda. Ma mère se réjouit de ma fête. Moi aussi, mais je ne pense qu'à la robe.

« Maman, est-ce qu'on va avoir des tables et des chaises sur la terrasse ?

- Bien sûr Sarah, il faut que les gens s'asseyent pour manger », dit ma mère en riant.

- Mais mes grands-parents n'en ont pas tellement. Qu'est-ce qu'on va faire ?

- T'inquiète pas, on va louer les tables et les chaises.

- Combien est-ce que ça va coûter ?

- Sarah, ne t'inquiète pas de tout ça. Ta fête va être formidable ! »

J'ai beaucoup de questions mais je ne dis rien. S'il y a assez d'argent pour les tables et les chaises, pourquoi est-ce qu'il n'y en a pas assez pour ma robe ?

On rentre à la maison et il y a une lettre de Daniel. Il dit qu'il travaille beaucoup et qu'il aime son travail. Mais sa lettre n'est pas très longue. Il doit vraiment beaucoup travailler.

Je veux écrire dans mon journal ce que je pense de l'argent, de la robe et de ma fête, mais je décide d'écrire une lettre à Daniel.

Je lui parle des préparatifs pour la fête, de la nourriture et de la musique. Je ne mentionne rien au sujet de la robe. À la fin, je lui demande simplement :

Quand est-ce que je peux venir te rendre visite à Champ-Dollon ?

Amitiés, Sarah

Chapitre 20
Daniel

Aujourd'hui c'est le jour où je vais parler à mon chef de la drogue. J'espère qu'il va me croire. Je prends un énorme risque.

« Monsieur Meyer, est-ce que je peux vous parler ? » Monsieur Meyer est mon chef et ce n'est pas un gardien de prison.

« Bien sûr Daniel. Qu'est-ce qui se passe ? Tout va bien ?

- Est-ce que je peux vous parler dans votre bureau ?

- Oui allons-y. »

Monsieur Meyer donne des instructions aux autres prisonniers pendant que lui et moi allons dans son bureau. Je ne veux pas perdre cette occasion, alors je commence à parler.

« Monsieur Meyer, il y a des hommes qui profitent de leur travail pour faire rentrer de la drogue dans la prison. Quelqu'un de l'extérieur les mets dans les machines que nous réparons et... »

Le chef ne me laisse pas continuer.

« Daniel, on le sait déjà. Merci de m'en parler. Les gardiens font une enquête mais ils ont besoin de plus de temps pour résoudre le problème. Vous n'avez plus que quelques mois ici à Champ-Dollon, n'est-ce pas ?

- Oui monsieur, plus que cinq mois. Je veux sortir pour pouvoir aller à la bat-mitzvah de ma fille » je lui dis avec un petit sourire.

« Bon, faites votre travail. Ne dites rien à personne. Vous êtes un homme bien, Daniel. Honnête. Vous avez beaucoup changé.

- Merci monsieur.

- Retournez au travail et pas un mot.

- D'accord. Merci monsieur. Encore une chose ?

- Quoi d'autre ? » me demande le patron avec curiosité.

« Je voudrais donner l'argent que je gagne à ma fille. Est-ce que c'est possible ?

- Je vais me renseigner, Daniel.

- Très bien, merci. Elle voudrait une robe très élégante pour sa fête » je lui dis avec un grand sourire.

Je retourne au travail. Comme le chef me l'a conseillé, je ne dis rien. Je pense à l'argent que je veux envoyer à ma fille pour la robe. Je gagne très peu d'argent mais je veux l'aider. Je pense aussi à ma sortie de prison. Est-ce qu'ils vont me laisser sortir ? Je veux assister à la fête de ma fille mais je ne sais pas si je serai sorti et si elle va m'inviter.

La lettre que je reçois de Sarah est beaucoup plus courte que d'habitude.

Cher Daniel,

Mes parents m'ont dit qu'ils vont m'amener à la prison pour te rendre visite dans deux semaines. Je me réjouis.

On t'embrasse,

Sarah et David

Deux semaines. Deux semaines pour gagner l'argent pour la robe. Deux semaines pour voir ma fille et pour la rencontrer pour la première fois.

Chapitre 21
Sarah

Un jour, David et moi nous préparons à aller à la maison de retraite, quand ma mère entre dans ma chambre et s'assied sur mon lit.

« Sarah, il faut que je te parle » dit ma mère, inquiète.

« Qu'est-ce qu'il y a maman ? Ça a l'air sérieux.

- Il y a eu un accident à la prison. On peut pas rendre visite à Daniel demain » elle me dit sans autre explication.

« Mais comment va Daniel ? » je lui demande. Moi aussi je suis inquiète.

« Daniel ne va pas bien. Il a été attaqué au couteau. Il est à l'hôpital de la prison. Il est dans le coma.

- Mais maman, il faut pas qu'il meure. Je ne l'ai toujours pas rencontré » je crie.

« Je sais, mon ange. Mais on ne peut rien faire. Rien qu'espérer et prier pour lui. »

Je pleure mais je ne sais pas pourquoi. C'est vrai que je ne connais pas Daniel mais C'EST mon père. Après avoir échangé des lettres avec lui, j'ai appris des tas de choses sur moi-même. Je veux faire sa connaissance. Il faut qu'il aille mieux. J'espère qu'il va survivre.

Je suis triste quand j'arrive à la maison de retraite mais David est TRÈS heureux. Il remue sa queue et son derrière pour le montrer.

D'abord on va rendre visite à Madame Santos, la dame philippine. Elle boit du thé dans sa chambre. Elle est surprise de nous voir.

« Bonjour, Madame Santos. Comment ça va ? »

Madame Santos a 92 ans. Elle dit que tout va bien mentalement, mais physiquement…

« Et toi, comment ça va, Sarah ? Tu es triste aujourd'hui ?

- Oui madame, mon père, qui est en prison, il va pas bien.

- Raconte-moi tout Sarah, qu'est-ce qui s'est passé ? »

David et moi nous asseyons près de la vieille dame et je lui raconte tout. Madame Santos est très intelligente. Quelquefois, elle cite des proverbes philippins qui m'aident à faire face à mes problèmes. Aujourd'hui elle m'en apprend un nouveau.

« Souviens-toi Sarah, *Habang may buhay, may pag-asa*. Quand y'a de la vie, y'a de l'espoir.

- C'est vrai madame Santos. Vous m'avez raconté beaucoup d'histoires de votre vie et vous m'avez beaucoup appris. Merci. Je vais penser à ce proverbe mais pas en philippin. C'est très difficile, ha, ha.

- Oui, le philippin est différent du français mais *Ang hindi marunong magmahal sa sariling wika, ay mahigit pa sa mabaho at malansang isda*. La personne qui n'aime pas sa langue maternelle est aussi pauvre que le poisson pourri.

- Ah, Madame Santos, ce proverbe est beaucoup plus long que l'autre » je lui dis en souriant.

« Merci pour la visite, Sarah et David. J'espère que ton père va se remettre. Rentre chez toi et écris-lui une lettre. »

Et comme d'habitude je suis les conseils de la vieille dame.

Chapitre 22

Daniel

Je suis toujours à l'hôpital de Champ-Dollon. J'étais dans le coma pendant deux jours. C'était une situation très difficile mais maintenant ça va mieux. Je veux quitter l'hôpital et retourner au travail. Je veux gagner de l'argent pour Sarah.

Tout est arrangé. Je vais pouvoir donner à ma fille l'argent qui est dans mon **compte**[29]. Elle veut cette jolie robe pour sa bat-mitzvah et je veux qu'elle l'ait.

« Bonjour Daniel. Comment vous vous sentez aujourd'hui ? » me demande le docteur Chevalley.

« Bonjour. Ça va beaucoup mieux, merci docteur.

- Ça se voit. Vous pouvez sortir de l'hôpital.

---

[29] compte : account.

- Très bien docteur. Et quand est-ce que je peux retourner au travail ?

- La semaine prochaine. Vous aurez beaucoup plus de force dans quelques jours.

- Merci docteur. Merci pour tout. »

L'après-midi, je retourne dans ma cellule où je suis seul. David me manque.

Ours arrive à la porte avec le courrier.

« Eh Daniel, je suis bien content de te revoir. Comment ça va ? » il me dit en criant.

- Salut Ours. Ouais, j'ai eu des jours difficiles. Mais ça va mieux maintenant.

- On m'a dit que quelqu'un t'a agressé au travail.

- Ouais, j'étais dans le coma pendant deux jours.

- T'en fais pas, ces mecs, ils ont été transférés dans une autre prison. Très vite.

- C'est une bonne nouvelle. Tu as quelque chose pour moi ?

- Ah oui, deux lettres. Une de Sarah et une de Marianne ?

- Merci.

Je m'assieds sur mon lit. J'ai encore un peu mal à la tête. En fait, j'ai encore mal partout. Ces mecs de l'atelier m'ont vraiment fait mal.

J'ouvre la lettre de Marianne en premier.

Cher Daniel,

J'espère que tu vas bien. On me dit que tu étais dans le coma à l'hôpital. Sarah est très inquiète à ton sujet, et moi aussi. Ta fille a beaucoup changé ces derniers mois. Le lien qu'elle a tissé avec toi est très important pour elle et pour son identité. Merci d'être si bon avec elle. Et je suis désolée de ne pas lui avoir parlé de toi plus tôt. Nous allons venir te rendre visite samedi prochain, Frédéric, Sarah et moi. Il est important que nous fassions connaissance.

Marianne

Waow, dans une semaine je vais voir ma fille pour la première fois.

Chapitre 23
Sarah

C'est samedi, le jour où on va à Champ-Dollon, rencontrer mon père. Il nous faut quelques minutes pour y arriver. Je ne parle pas beaucoup dans la voiture et mon père le remarque.

« Sarah, tu es nerveuse ?

- Oui un peu. Qu'est-ce qui va arriver s'il m'aime pas ?

- Sarah, ton père t'aime déjà. Comme moi.

- Oui je sais. C'est juste un peu bizarre que je rencontre mon père pour la première fois à l'âge de 12 ans.

- Ça va être une bonne expérience » dit ma mère en souriant. « Pour nous tous. »

Sur le chemin de la prison, je pense aux problèmes que j'ai eus et comment je les ai résolus. J'ai souvent écrit dans mon journal ou écrit une lettre à Daniel et ça m'a beaucoup aidée. Écrire en général m'a beaucoup aidée.

On arrive finalement mais il faut attendre. Rendre visite à un prisonnier est un long processus. Il faut parler aux employés de la prison, montrer sa carte d'identité, et attendre. Et encore attendre. C'est horrible.

Après deux heures d'attente, un employé vient nous chercher. « Les visiteurs qui sont venus voir Daniel... »

À ce moment-là, je vois Daniel. Je vois mon père. Je vois des blessures sur son visage et sur son cou, mais je vois aussi un grand sourire.

« Salut Sarah, je suis Daniel.

- Je sais » je lui dis en souriant. « Tu m'as envoyé des photos, tu te souviens ? Ha, ha.

- Bien sûr. Désolé. Je suis un peu nerveux.

- Moi aussi. Voici mes parents. Tu connais ma mère et je te présente Frédéric, mon père.

- Enchanté, Daniel », dit mon père. « Sarah est une fille exceptionnelle. »

Daniel ne dit rien. Il regarde ma mère. Finalement, il dit : « Sarah est superbe. Elle te ressemble énormément.

- Merci Daniel. On est très fiers d'elle. »

Daniel continue à parler : « Marianne et Frédéric, merci d'être de si bons parents. Sarah a beaucoup de chance d'être votre fille.

- On va fêter Sarah dans quelques mois » dit mon père.

« Oui, Daniel, ma bat-mitzvah va être en janvier. Est-ce que tu vas pouvoir venir ?

- Je pensais que ce serait possible mais maintenant je ne sais pas. Le processus pour sortir de prison est très long. Je pense pas que je vais pouvoir venir. »

Je suis un peu triste d'entendre cette nouvelle. J'aurais voulu célébrer avec Daniel aussi.

« Mais j'ai d'autres nouvelles » dit Daniel. « Sarah, est-ce que tu as déjà ta robe pour la fête ? »

Je ne sais pas pourquoi il me pose la question. Daniel sait que j'ai un problème et que la robe que je veux coûte très cher.

« Non, pas encore.

- T'inquiète pas. Bien que je ne sache pas grand-chose sur les bat mitzvahs, je sais que la robe est très importante pour toi. Demain, va à la boutique et achète-la. J'ai envoyé à ta mère l'argent nécessaire.

- Quoi ? Comment ? » je dis, surprise. Ma mère ne dit rien. « Maman ?

- C'est vrai Sarah. Ton père m'a envoyé l'argent. On va aller à la boutique demain.

- Mais comment ? C'est l'argent que tu as gagné à ton travail ?

- Oui Sarah, je ne gagne pas beaucoup mais tout l'argent que j'ai gagné...

- Waow, merci Daniel. » je lui prends la main ; je voudrais me serrer contre lui mais ce n'est pas permis. « Merci ! »

On parle encore pendant une heure. On parle surtout de ma fête. Je suis si heureuse. Je suis heureuse de la robe et de ma fête, mais je suis surtout heureuse d'avoir fait la connaissance de mon père. C'est un homme bien. Il faut qu'il apprenne des choses sur la culture juive, mais c'est un homme bien. Ha ha !

Finalement, on se dit au revoir.

« Daniel, merci pour la robe ! Je vais t'envoyer des photos.

- Je sais que tu seras une princesse » dit Daniel en regardant mon père.

- Oui, c'est notre princesse » dit mon père en serrant la main de Daniel. « Elle est aussi ta princesse.

- Merci Daniel ! » dit ma mère, les yeux pleins de larmes.

Chacun de nous sert la main de Daniel.

« Daniel, je suis si heureuse de t'avoir dans ma vie. Merci pour toute ton aide.

- Moi aussi, Sarah. Tu as changé ma vie. Merci ! »

Je pleure un peu mais je suis très heureuse.

« Je vais t'envoyer des photos. Et je vais continuer à te donner des nouvelles de David.

- D'accord Sarah. Dis bonjour à David de ma part. Et à bientôt ! »

En sortant de la pièce, je fais signe de la main en disant « salut papa ! ». Mais il y a tellement de bruit qu'il ne m'entend pas.

Glossaire

A

à - to, at
abandonne - abandon/s
aboie - barks
aboient - bark
(d') abord - first
aboyer - to bark
accepter - to accept
accident - accident
accompagne - accompanies
(d')accord - okay
achète-la - buy it
achetée - bought
activités - activities
administratifs - administrative
ado - teen
adolescente - adolescent
adopter - to adopt
adoption - adoption
adopté - adopted
adore - love
adresse - address
adulte(s) - adult(s)
(plus) âgés - older
agités - restless
agressé - assaulted
ai - have

aide - help/s
aident - help
aider - to help
aideront - will help
aidée - helped
aille - go
aimais - loved
aime - like/s
aiment - like
aimerais - would like
aimes - like
(a l')air - looks
airs - air
aise - ease
ait - have
aliments - food
aller - to go
allez - go
allons - go
allons-y - let's go
allument - light up
allée - went
alors - so
amener - to bring
ami/e(s) - friend(s)
amitié(s) - friendship(s)
amour - love
amusant - funny
amuser - to amuse
amusé/e(s) - amused

an(s) - year(s)
ange - angel
animalier - animal
animaux - animals
anniversaire - birthday
annoncent - announce
année(s) - year(s)
apparence - appearance
appelle - call/s
appelée - called
apprend - learns
apprendre - to learn
apprends - learn
apprenne - learn
appris - learned
après - after
argent - money
arrange - arrange/s
arrive - arrives
arriver - to arrive
arrive/e(s) - arrived
as - have
asseyent - sit/s
asseyons - sit
assez - enough
assied - sits
assieds - sit
assis - sat
assise - seated
assister - to attend
atelier - workshop
attaqué - attacked
attendais - waited

attendant - wait
attendre - to wait
attente - waiting
attention - attention
attitude - attitude
au - to/at the
aucune - none
aujourd'hui - today
aurai - will have
aurais - would I have
auras - will have
aurez - will have
aussi - also
autre(s) - other
aux - to/at the
auxquelles - which
auxquels - which
avais - had
avait - had
avant - before
avec - with
avenir - future
avez - have
avoir - to have

B

baiser - to kiss
barreaux - bars
bat mitzvah - bat mitzvah
beau - beautiful
beaucoup - a lot, many, much
beaux - beautiful

belle - beautiful
ben - well
(avoir) besoin - to
    need
beurk - yuck
biblique - biblical
bien - good
bientôt - soon
biologique - biological
bizarre - bizarre
blanc - white
blanche - white
blessures - injuries
bleu/e(s) - blue
boit - drinks
boîte aux lettres -
    mailbox
bon/ne(s) - good
bonjour - hello
bougent - move
bouger - to move
bougies - candles
boulettes - balls
boutique - boutique
bras - arm
bricoleur - handy
brosse - brush
bruit - night
brutale - brutal
buanderie - laundry
    room
buffet - buffet
bureau - desk
bénévole - volunteer

C

c'/ça/ce - this
café - coffee
caisse - box
calme - calm/s
calmer - to calm
camarades - comrades,
    brethren
canapés - canapes
    (small sandwiches)
candidats - candidates
canton - canton (state)
caractéristiques -
    characteristics
caressant - petting
caresse - pet/s
caresser - to pet
carte - card
casier - locker
cause - cause
causer - to cause
causés - caused
célébration(s) -
    celebration(s)
célébrer - to celebrate
celle - that
cellule(s) - cell(s)
centre - center
cependant - however
cercle - circle
cérémonie - ceremony
certain/e(s) - certain
ces - these
cet/te - this

ceux - those
chacun - each
chaises - chairs
chambre - bedroom
champ - field
champignons - mushrooms
chance - chance
change - change/s
changements - changes
changer - to change
changé - changed
chants - songs
chauffage - heating
chef - boss
chemin - path
chemise - shirt
cher - dear
chère - dear
cherche - look/s for
chercher - to look for
cheveux - hair
chez - at the home of
chien(s) - dog(s)
choix - choice
chose(s) - thing(s)
chouette - cool/ fun
chérie - dear
ci - this
cinq - five
circonstance(s) - circumstance(s)
cite - quotes

clair - clear
classe - class
clef - key
climatisation - AC/ heating
coin - corner
coma - coma
combien - how much
comité - committee
comme - like, as
commence - begin/s
commencer - to begin
commencé - began
comment - how
commentaire(s) - comment(s)
communauté - community
comparaison - comparison
comprend - understands
comprends - understand
compte - account
concentre - concentrate/s
concentrer - to concentrate
condamné - sentenced
conditionné - conditioned
conduisait - was driving

confiance - confidence, trust
confinement - confinement
connais - know
connaît - knows
connaitre - to know
connaissance - awareness
connu - knew
conseillé - advised
conseils - advice
construit - built
contact/e(s) - contact(s)
contactée - contacted
contemporaine - contemporary
content/e - happy
contiennent - contain
contient - contains
continue - continue/s
continuer - to continue
contre - against
convaincre - to convince
conversation - conversation
cool(s) - cool
copain - friend
correctionnel - correctional
costume - suit
côté - coast

couche - sleep/s
couché - slept
couleur(s) - color(s)
(au) courant - aware
courrier - mail
cours - course
courte - short
cousin/e - cousin
coûte - cost
couteau - knife
cravate - tie
criant - yell
crie - yell/s
crier - to cry
criminel - criminal
croire - to believe
cuisine - kitchen
cuisiner - to cook
culture - culture
curieux - curious
curiosité - curiosity

D

d' - of, from
dame - woman
dans - in
danse - dance/s
dansent - dance
danser - to dance
danseurs - dancers
de - of, from
(au) début - at first
décide - decide/s
décider - to decide

décision(s) - decision(s)

déclaré - declared

décorations - decorations

décorée - decorated

décrit - describes

dedans - inside

déjà - already

délicieux - delicious

demain - tomorrow

demande - ask/s

demander - to ask

demandé - asked

demi - half

demi-heure - half hour

demoiselle - lady

dent - tooth

dents - teeth

depuis - since/ for

derniers - last

derrière - behind

des - of, from

désires - desire

désolé/e - sorry

dessus - above

détend - relaxes

détendue - relaxed

détention - detention

détenu(s) - detained

deux - two

deuxième - second

devant - before

développement - development

devenir - to become

devenues - become

devez - must

devoir - must

devoirs - homework

devrais - should

devrait - should

difficile(s) - difficult

difficulté - difficulty

différent/e(s) - different

diplôme(s) - diploma(s)

dire - to say, tell

directement - directly

directeur - director

dis - say

disant - say

discours - speech

discutent - discuss

dise - say

dit - says/ said

dites - say

dix - ten

dizaine - about ten

DJ - DJ ; disc jockey

docteur - doctor

documents - documents

dois - must

doit - must

donne - give/s
donner - to give
donné/e(s) - gave
dorment - sleep
douze - twelve
dressage - training
dresse - trained
dresseur - trainer
drogue - drug
du - of, from the
dur - hard

E

échangé - exchanged
école - school
écoute - listen/s
écouter - to listen to
écouteurs - headphones
écrire - to write
écris - write
écrit - writes
écrite - written
élégante - elegant
élève(s) - student(s)
elle - she
elles - they
embêtant - annoying
embrasse - hug/s
employé(s) – employee(s)
en - in
encore - still, yet
enfants - kids

enfin - finally
énergie - energy
énervée - annoyed
énorme - huge
énormément - enormously
enquête(s) - investigation(s)
enseigne - teaches
ensemble - together
entend - hears
entendre - to hear
entends - hear
enthousiaste - enthusiastic
entière - entire
entre - between
entrer - to enter
entrée - entrance
enveloppe - envelope
envie - desire
envoie - send/s
envoyer - to send
envoyé - sent
épaules - shoulders
épousé - married
encastré - built in
enchanté - delighted
es - are
espère - hope
espace - space
espoir - hope
espérer - to hope
espérons - hope

essaye - try(ies)
essayent - try
essayer - to try
est - is
et - and
étaient - were
étais - were
était - was
état - state
être - to be
étude - study(ies)
études - study
étudie - study/ studies
étudier - to study
été - summer
évident - evident
eu/e(s) - had
eux - them
exactement - exactly
examen - test
excellente - excellent
exceptionnelle -
    exceptional
excuses - excuses
explication(s) -
    explanation   (s)
explique - explain/s
expliquer - to explain
expliquerai - will
    explain
exprimer - to express
expérience -
    experience
extinction - extinction

extraordinaire -
    extraordinary
extérieur - exterior

F

face - face
fâchée - angry
facile - easy
faim - hunger
faire - to do
fais - do
fait - does
faites - do
fallait - had to
famille - family
fantastique - fantastic
fasse - do
fassions - do
fatigué - tired
faudra - will have to
(il) faut - it is necessary
favorites - favorite
femme - woman
fenêtre - window
ferait - would do
fermée - closed
fêter - to celebrate
feuille - sheet
feux - lights
fiers - proud
fille - daughter
filles - girls
fin - end
finalement - finally

fini - finished
finis - finish
finit - finishes
fleurs - flowers
fois - time, instance
folklorique - folkloric
font - do
force - strength
forme - form
former - to form
formidable -
    tremendous
formules - formulas
fou - mad
frère(s) - brother(s)
français - French
franc - franc (monetary
    unit of Switzerland)
frappe - knocks (on)
fromage - cheese

G

gagne - earn/s
gagner - to earn
gagné - earned
gars - guy
garçon(s) - boy(s)
gardien(s) - guard(s)
(poisson) gefilte
    gefilte fish
    (traditional Jewish
    dish)
génial - awesome
général - general

gen(s) - people
gentil/le - kind
glace - ice cream
grand - big
grandit - grows
grands - big
grave(s) - serious
groupe - groupe

H

ha - ha
habite - reside
(d')habitude - usually
Hanouka - Hanukah
hausse - rise
hauts - tops
hébreu - Hebrew
heure(s) - hour(s)
heureuse - happy
heureux - happy
hindi - Hindi
hlstoire(s) - story(ies)
homme - man
hommes - men
honnête - honest
honnêteté - honesty
honneur - honor
hôpital - hospital
hora - Jewish dance
horrible(s) - horrible
huit - eight
husky - husky (type of
    dog)

I

ici - here
identité - identity
idée(s) - idea(s)
il - he
ils - they
impliquer - to imply
importance -
importance
important/e(s) -
important
inconditionnel -
unconditional
informations -
information
informelles - informal
inquiète - worry
inquiet - worried
insisté - insisted
instructions -
instructions
insultée - insulted
intelligent/e -
intelligent
intéressante -
interesting
intimes - intimate,
close
inviter - to invite
invitée - invited
ira - will go
israélite - Israelite

J

j'/je - I
jamais - never
janvier - January
jaunes - yellow
jeunes - young
jeux - games
job - job
joli/e - pretty
joue - cheek
jour(s) - day(s)
journal - journal
journée - day
(casier) judiciaire -
criminal record
juifs - Jews
juive(s) - Jewish
juridiques - legal
jusqu'à - until
juste - fair

K

km - abbreviation for
kilometer

L

l'/la/le - the
laisse - leave
laisser - to leave
langue - language
larmes - tears
lave - wash
lequel - which

les - the
lettre(s) - letter(s)
leur(s) - their
libération - freedom
lien - link
lieu - place
lire - to read
lis - read
lisent - read
lit - reads
lits - beds
long/ue - long
longtemps - long time
louer - to rent
lourde - heavy
lu - read
lui - him

M

m'/me - me, to me
ma - my
machine(s) - machine(s)
madame - missus, Mrs.
magasins - store
main - hand
maintenance - maintenance
maintenant - now
mais - but
maison - house
mal - bad/ sore
malgré - despite
maman - mom

mange - eat/s
manger - to eat
manque - lack/s
manquer - to lack
maquillage - makeup
marche - walk/s
marcher - to walk
marches - walk
mari - husband
mariage - marriage
maternelle - maternal
maths - math
matières - courses
matin - morning
maturité - maturity
matza - matzoh
mauvaise(s) - bad
mec(s) - dude(s)
meilleur/e(s) - better
membres - members
menaçante - threatening
menace - threat
mentalement - mentally
mentionne - mention/s
merci - thank you
mère(s) - mother(s)
mérites - deserve
mes - my
mesure - measure
met - puts
métal - metal
mets - put

mettez - put
meubles - furniture
meurt - dies
micro - microphone
midi - noon
mienne - mine
mieux - better
minutes - minutes
miroir - mirror
mitzvah(s) - mitzvah(s)
mixte - mixed
moche - ugly
moderne(s) - modern
moi - me
moins - less
mois - month
moment - moment
mon - my
monde - world
monsieur - mister, Mr.
monte - climb
montent - climb
montrent - show
montrer - to show
moral - moral
morte - dead
mot - word
motivée - motivated
moyenne - average
mur - wall
museau - muzzle
musique - music

N

n'/ne - not
nappe - tablecloth
naturelle - natural
nécessaire - necessary
nerveuse - nervous
nerveux - nervous
nervosité -
   nervousness
neuf - nine
neuve - new
ni - neither
noir(s) - black
nom - name
non - no
normal - normal
noter - to note
notes - grades
notre - our
nourriture - food
nous - we
nouveau(x) - new
nouvel/le(s) - new

O

obtenir - to obtain
occasion - occasion
occuper - to occupy
occupée - occupied
océan - ocean
officielles - official
offrir - to offer
on - we

oncle - uncle
ont - have
ordres - orders
oreilles - ears
origine - origin
ou - or
ouais - yeah
oublie - forget/s
oui - yes
Ours - Bear
ouvre - open/s

P

pages - pages
pantalon - pants
papa - dad
papier - paper
par - by
parc - park
parce que - because
parents - parents
parfait/e(s) - perfect
parfois - sometimes
parle - speak/s
parlent - speak
parler - to speak
parlera - will speak
parlons - speak
parlé - spoke
part - leaves
partage - share
partenaire - partner
participe - participate/s

participent - participant
participer - to participate
participé - participated
particulier - particular
partie - part
partout - everywhere
pas - not
passage - passage
passe - pass/es
passent - pass
passer - to pass
passez - pass
passons - pass
passé/e - passed
patience - patience
patron - boss
patte - paw
pauvre - poor
(ont de la) peine - (have) a hard time
pendant - while
pensais - thought
pense - think/s
penser - to think
penses - think
pensez - think
perdre - to lose
père(s) - father(s)
perdu - lost
permets - allow
permis - allowed

permission - permission
personne(s) - person(s)
personnel - staff; personal
personnelle(s) - personal
perspective - perspective
petit/e(s) - small
peu - little
peur - fear
peut - can
peuvent - can
peux - can
philippin/e(s) - Filipino
Philippines - Philippines
photo(s) - photo(s)
phrase - sentence
physiquement - physically
pièce(s) - room(s)
pied - foot
pieds - feet
pipi - pee
piste - track
pizza - pizza
plaît - pleases
placée - placed
plaisir - pleasure
planifier - to plan
plats - dishes

plein/e(s) - full
pleure - cry/ies
pleurer - to cry
pleuré - cried
plupart - mostly
plus - more
plusieurs - several
plut - rather
point - point
poisson - fish
portais - was wearing
porte - door
portent - carry
porter - to carry
pose - ask/s
poser - to ask
possible - possible
(adresse) postale - mailing address
poste - job
poster - to post
posterai - will post
pour - for
pourquoi - why
pourrais - could
pourrez - can
pourri - rotten
pouvez - can
pouvoir - to be able
préférée - preferred
près - near
première - first
premier - first
prenant - taking

prend - takes
prends - take
prenez - take
prenne - take
prennent - take
préparatifs -
  preparations
prépare - prepare/s
préparer - to prepare
préparons - prepare
préparé(s) - prepared
présente - present
présenter - to present
presque - almost
prier - to pray
princesse - princess
printemps - spring
pris - taken
prison - prison
prisonnier(s) - prisoner
probation - probation
problème - problem
procèdent - proceed
processus - process
prochain/e - next
prof(s) - teacher(s)
profitent - profit
programme(s) -
  program(s)
projettent - project
promenades - walks
promener - to walk
promets - promise
proposer - to propose

proverbe(s) -
  proverb(s)
pu - could
puis - then
puisse - may

Q

qu' - what
quand - when
quartier -
  neighborhood
quatre - four
que - that
quel/le(s) - what
quelqu' - some
quelque(s) - some
quelquefois -
  sometimes
question(s) -
  question(s)
queue - tail
qui - who
quiche(s) - quiche(s)
quinze - fifteen
quitter - to leave
quitté - left
quoi - what

R

rabbin - rabbi
race - race
raconte - tell
raconté - told

rapport - relationship
rassembler - gather
réalité - reality
réception - reception
recevoir - to receive
recommencer - to restart
reconnaître - to recognize
réfléchir - to think
réfrigération - refrigeration
refuge animalier - animal shelter
refusé - denied
regardant - watching
regarde - look/s
regardent - look
religion - religion
règle(s) - rule(s)
réjouis - rejoice
réjouit - rejoices
remarque - notice/s
remettre - to put back
remise (de diplômes) - graduation ceremony
remplit - fills
remue - moves
rencontre - meets
rencontrer - to meet
rencontré/e - met
rendent (visit) - pay (a visit)

rendez-vous - appointment
rendre (visite) - to pay (a visit)
renifler - to sniff
renseigner - to inform
rentre - return/s
rentrer - to return
répare - repair/s
réparer - to repair
réparons - repair
repas - meal
répétée - repeated
réplique - replies
répondre - to respond
réponds - respond
répondu - responded
réponse - response
reposons - let's rest
responsabilité(s) - responsibilities
responsable(s) - responsible
réputation - reputation
résidents - residents
résister - to resist
résolus - solved
résoudre - to solve
ressemble - looks like
restaurant - restaurant
reste - stay
rester - to stay
retour - back
retourne - return/s

retourner - to return
retournez - return
retraite - retirement
retrouve - find
réunion - meeting
réussie - successful
rêves - dreams
réviser - to revise
reviens - come back
revoir - to see again
riant - laughing
rien - nothing
risque - risk
robe(s) - dress(es)
rose - pink
rouge(s) - red

S

sa - his, her
sabbat - Sabbath
sache - know
saches - know
sais - know
sait - knows
salade - salad
salle - room
salut - hi
samedi - Saturday
sandwichs - sandwiches
sans - without
sauvages - wild
savais - knew
savent - know

savez - know
savoir - to know
sciences - science
se - himself/ herself
seconde - second
semaine(s) - week(s)
semble - seems
sensationnelle - sensational
sensible - sensible
sentez - feel
sept - seven
sera - will be
serai - will be
serais - would be
serait - would be
seras - will be
sérieux - serious
serrant - hugging
serre - hug/s
serrer - to hug
sert - serves
service - service
servir - to serve
ses - his, her
seul/e - alone/ only
seulement - only
shopping - shopping
si - if
signe - sign
simple - simple
simplement - simply
situation - situation
situé - located

smileys - smileys
social - social
soda - soda
soir(s) - evening(s)
soirée - evening
soit - either
sommes - are
son - his, her
sont - are
sors - leave
sort - leaves
sortant - leaving
sorte(s) - kind
sorti - left
sortie - exit
sortir - to leave
sortirai - will go out
soudain - suddenly
soupe - soup
souriant - smiling
sourire - to smile
souris - smile
sourit - smiles
sous - below
soutien - support
souvent - often
souviens - remember
spectacle - show
stressée - stressed
suis - am
sujet - subject
superbe(s) - superb
superposés - superimposed

supplie - beg
sur - on
surprise - surprise
surtout - above all
surveille - watches
survivre - to survive
suspendus - cancelled
synagogue - synagogue

T

t'/te - you, to you
ta - your
tables - tables
taille - height
talons - heels
tant/e - so much
tapotant - patting
tard - late
tas - bunch
te - yourself
technicien(s) - technician(s)
téléphone - telephone
tellement - so much
temps - time
terrasse - patio
terre - earth
terrible - terrible
tes - your
thon - tuna
thé - tea
tiennent - hold
tient - holds

timide - timid
tissé - created
toi - you
toilettes - bathroom
ton - your
top - top
toujours - always
tous - all
tout/e(s) - all
très - very
tradition(s) - tradition
traditionnelle - traditional
traditionnels - traditional
trafic - traffic
transférés - transferred
travail - work
travaille - work
travailler - to work
travaillons - work
tremble - trembles/ shivers
triste - sad
trois - three
trop - too
trouve - find
trouver - to find
tu - you
tuerai - will kill
type - guy
typiquement - typically

U

un/e - a, an
unique - unique
urgence - urgence
utile - useful
utilise - use

V

va - goes
vais - go
vas - go
vend - sells
venez - come
venir - to come
ventre - stomach
venus - came
vérité - truth
verras - will see
vers - towards
verset - verse
vertes - green
veste - jacket
vêtements - clothes
veulent - want
veut - wants
veux - want
vie - life
vieille - old
viennent - come
viens - come
vient - comes
ville - city
visage - face

visite - visit
visiteurs - visitors
vit - lives
vite - quickly
vivent - live
vivre - to live
voici - here is
voilà - there is
voir - to see
vois - see
voisine - neighbor
voit - sees
voiture - car
voix - voice
Voltaire - Voltaire (French Enlightenment writer)
vomir - to vomit
vont - go
vos - your
votre - your
voudrais - would like
voudrait - would like
voulais - wanted
voulu - wanted
vous - you
vrai - true
vraiment - truly
vue - seen

W
week-end - weekend

Y
y - there
yeux - eyes

ABOUT THE AUTHOR

Jennifer Degenhardt taught high school Spanish for over 20 years and now teaches at the college level. At the time she realized her own high school students, many of whom had learning challenges, acquired language best through stories, so she began to write ones that she thought would appeal to them. She has been writing ever since.

Other titles by Jen Degenhardt:

La chica nueva | *La Nouvelle Fille* | The New Girl | *Das Neue Mädchen* | *La nuova ragazza*
La chica nueva (the ancillary/workbook volume, Kindle book, audiobook)
Salida 8 | *Sortie no. 8*
Chuchotenango | *La terre des chiens errants* | *La vita dei cani*
Pesas | *Poids et haltères* | Weights and Dumbbells |*Pesi*

111

Luis, un soñador
El jersey | The Jersey | Le Maillot
La mochila | The Backpack | Le sac à dos
Moviendo montañas | Déplacer les montagnes | Moving
Mountains | Spostando montagne
La vida es complicada | La vie est compliquée | Life is
Complicated
La vida es complicada Practice & Questions (workbook)
El Mundial | La Coupe du Monde | The World Cup
Quince | Fifteen | Douze ans
Quince Practice & Questions (workbook)
El viaje difícil | Un voyage difficile | A Difficult Journey
La niñera
¡¿Fútbol… americano?! | Football… americain ?!
Era una chica nueva
Levantando pesas: un cuento en el pasado
Se movieron las montañas
Fue un viaje difícil
¿Qué pasó con el jersey?
Cuando se perdió la mochila
Con (un poco de) ayuda de mis amigos | With (a little) Help
from My Friends | Un petit coup de main amical
La última prueba | The Last Test
Los tres amigos | Three Friends | Drei Freunde |
Les trois amis
La evolución musical
María María: un cuento de un huracán | María María: A
Story of a Storm | Maria Maria: un histoire d'un orage
Debido a la tormenta | Because of the Storm
La lucha de la vida | The Fight of His Life
Secretos | Secrets
Como vuela la pelota
Cambios | Changements | Changes
El pueblo | The Town

112

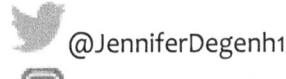 @JenniferDegenh1

@jendegenhardt9

@PuentesLanguage &
World LanguageTeaching Stories (group)

Visit www.puenteslanguage.com to sign up to receive
information on new releases and other events.

Check out all titles as ebooks with audio on
www.digilangua.co.

ABOUT THE TRANSLATOR

Françoise "Swaz" Piron was born and raised in Geneva, Switzerland, the daughter of a French mother and a Belgian father. She taught French (and German) at South Jefferson CSD for 35 years and retired in June 2021. She is a member of several world language teacher organizations, including ACTFL, NYSAFLT and AATF. She was a regular item writer and consultant at the NYS Education Department for the two French state exams for over 20 years. Swaz has presented numerous workshops at the local, state and national levels. She is the recipient of several NYSAFLT awards, was named "Chevalier dans L'Ordre des Palmes Académiques" by the French Ministry of Education and is the co-author of the book *World Class, the Re-education of America*. When she is not proofreading or translating readers, she can be found doing outdoor activities, reading or working as a server in a local restaurant.

ABOUT THE EDITOR

Nicole Piron is the translator's mother. She was born in Paris and spent her youth in the Bordeaux area. She has a degree in political science and English from la Sorbonne (Paris University) and was a translator for the United Nations in New York, where she worked for a few years. Nicole has always been active in her community, in local politics as a member of the *"conseil communal"* of the village of Coppet, Switzerland, as well as in the Catholic church of the town where she currently resides, Gland, Switzerland. When she is not helping her daughter proofread readers, she can be found reading, going to cultural events and visiting with her network of friends.

ABOUT THE COVER ARTIST

My name is Sophia Geffner. I am sixteen years old, and a junior in high school. I have appreciated and loved making art my whole life. When I was thirteen years old, I had a bat mitzvah! It was one of the most special times of my life. I was raised Jewish and celebrated all the holidays up until I hit middle school, where things got a bit more complicated, and I stopped paying as much attention to the religion, as it didn't mean as much as it used to. When I got the opportunity to draw the cover for this book, it meant so much to me. I feel like I can deeply relate to the main character, and I think many other girls in middle school through high school will feel the same. I am so grateful for the opportunity, and I hope everyone enjoys it!